PETIT OURS

est malade

Illustrations de Danièle Bour

BAYARD ÉDITIONS

Petit Ours Brun
est très enrhumé
et sa tête est lourde
sur l'oreiller.

Petit Ours Brun
a beaucoup toussé
et il a chaud
au bout du nez.

Papa Ours
a poussé la porte :
– Comment vas-tu,
mon Petit Ours Brun ?

Maman Ours
marche doucement
pour apporter
les médicaments.

Elle ferme les rideaux :
son Petit Ours Brun
va faire dodo.

Dans la maison,
c'est le silence,
seule la queue
du chat balance.

Petit Ours Brun
est presque guéri,
il demande
son Pomme d'Api.

Cette collection est dirigée par Mijo Beccaria

Les illustrations ont été réalisées par Danièle Bour

Les textes de cet album ont été écrits par Claude Lebrun
avec l'équipe de rédaction de *Pomme d'Api*

© Bayard Éditions, 1993
Bayard Éditions est une marque
du département Livre de Bayard Presse
ISBN 2 227 72514 1
Dépôt légal septembre 1993 ; n° d'éditeur 1571
Aubin Imprimeur Ligugé Poitiers
Loi 49956 du 16 juillet 1949 sur les publications
destinées à la jeunesse